COUDRIN– l'enfant noir

CHAPITRE 1 GRO MÉNAGE

OUFF enfin tous l'auberge et intégralement
nettoyé de fond en comble il ne

nous reste plus que le HALL d'entrée
et les nombreux chambre a l'étage 2
ALLON ci vivement que les

equipes JUMEAUX ANGE NOIR.
LES 4 JUMEAUX MALÉFIQUE revienne

de vacance.ARRÊTE de râler
ce soir c'est nous qui
partons en formation et
ensuit on est en vacance.TA raison
heureusement que tu es là.
OUI voilà pourquoi on est jumeaux.

GHROUM

PÈRE voilà pourquoi vous s'étre
jumeaux pas contre vous
dorme avec p'tit diable numéro 2
ce soir et oui je prend les

2 GRAND ANGE NOIR et
GRAND ENCRE NOIR on dois
allée a la montagne de la mort

il faut qu'on aille gardé les.
enfants de FUSION il et
partie en formation pour 4 mois

ça va il les a éduqué à la manières
d'un PALAUD mon dieux bonjour

les dents et les côtes cassées coup
de chance il y aura les 2 p'tit diable
numéro 1 et 3 ils vivent avec eux
toute l'année et en plus on va

enfin voir les nouvelles sources chaudes.

CHAPITRE 2   OUFF

PLOUFF STOP les jumeaux ENCRE NOIR
vous avez fait tous les étages donc
vous pouvez retourner dans vaux quartier.
ET la semaines prochaine vous

allez travaillé à l'auberge PALAUD
ls sont besoin de personnelle

et en plus ils sont installés
es nouvelles borne d'arcades
et les nouveaux pc et en plus
vous allez rencontrer les nouvelles

Équipes.QUI compose l'équipe PALAUD.
ON se demande 1 chose comment ce
ait il qu'ils ne nous contacte plus
depuis 7 mois certe ils sont débordé
de taff.SA ne justifis pas leurs silence
aucune nouvelle 7 mois d'affilée.
sa devien grave.STOP les jumeaux ENCRE NOIR

et puis les jumeaux ANGE NOIR
arrive dans moin de 15 minutes et
puis c'est pas bientôt votre anniversaire.

GHROUM

OUFF allor les jumeaux ENCRE NOIR

comment ça va ils sont pas trop
pénible les jumeaux bosseur ils sont
tellement le feu au fessée en
ce moment.Ils faut dire que

les clients sont tellement de
mauvais fois et en plus ils sont
cons tellement cons ils sont
réussir à exploser toutes les
douches et les pharmacies.

CHAPITRE 3   arrivée de MUDOUME et SÉBASTIEN LE RET

GHROUM

OUFF allor les équipes jumeaux ANGE NOIR ENCRENOIR et
l'équipe JUMEAUX BOSSEUR
on sais que c'est très difficile en ce moment
voilà pourquoi les équipes Jumeaux ENCRE NOIR

et ANGE NOIR reste avec vous on a rdv
avec l'équipe PALAUD ce soir ont va
remettre les pendules à l'heure.
ça devrait mieux aller ensuite en tous

:as on na u des conversation pas
‑isio-conférence assez violent et
∍n plus ils sont ossé nous dit.
⸝TOP MUDOUME on a u 1 discussion
∍évère avec l'équipe PALAUD et

∍uis de toutes façons la semaines
∍rochaine vous allée chez papy
⸝ALAUD et mamie LE RET et

∍ui ils faut bien que vous profitez
∍es grand-parents et la semaine.
∍'après vous allée chez MADELEINE PALAUD

∍t en plus vous avec le choix
∍ois avec p'tit diable numéro 2 sois

∍vec lui ou allor avec les 4 a
∍ fois .ONt préféré les 4 à la fois
∍omme sa si il fait des grosse crise

∍nt à la paix.EXCELLENT idée
∍s jumeaux ANGE NOIR allée ont.
∍ous laisse retourner à vaux

∍oste et en plus les 2 grand ANGE NOIR

∍t ENCRE NOIR ont recardrés
∍s équipes PALAUD et oui eux

∍ussie ont remis les pendules
∍ l'heures et oui on n'est pas

les seuils à gueulés en ce

moment et puis ça fait du bien d'être soutenu.

CHAPITRE 4   GRAND-PARENT PALAUD LE RET

GHROUM

OUFF allo papy et mamie PALAUD LE RET

comment ça va.TRÈS bien ont et
heureux de vous revoir mais en tous

cas sa fait plaisir de passer du temps

 avec vous allez ont va a la piscine
et oui,on en a installé des dizaines.

de briques et oui ont a rénové toutes
les mini-maison en briques et oui
même à la retraite on reste activés.
ON a continué à écrire nos mémoires.

NOUS aussie ont a fini des dizaines
 d'ouvrages mais c'est qui qui
les

envoyer en impression ?
1 Membre de l'équipe FUSION DE LA MORT.
et puis on na besoin de l'aide

de l'équipe FUSION qui
nous aide à faires pas mal
d'évacuation de livres et oui.
MOI et mamie LE RET ont

arrive a envoyés à l'équipe
de FUSION   environ 7 livres
pas mois et oui on a du mal
a remplir les critères.
de sélection et puis l'équipe

de FUSION fabrique environ
45 livres pas moi et oui ils
sont assez rapide mais
on arrive à les suivre m'agrés
qu'on soit à la retraite.

CHAPITRE 5 COMPLIQUE

OUFF on a enfin terminé les chambres
de 1 à 90 nettoyés de fond en
combre j'espère que nous allon
avoir 1 peu de tranquille sur tous
qu'ont a pas mal de taff la

semaines prochaine.MOLO les
jumeaux.ENCRE NOIR vous
allée trop vite remarqué
ont a du mal à vous
suivres mais on essaye

de vous rattrappée.ET les jumeaux
ANGE NOIR vous aver été
la semaine dernière avec
les 2 GRAND ANGE NOIR et
GRAND ENCRE NOIR.

CHAPITRE 6 PLAGE DU FOZO

GHROUM

oufff enfin en télétravailleur heureusement
qu'on peut poser en télétravailleur
ce mois ci ils faut dire que depuis que
 les cliniques JEANNETTE et JEANNE LE RET

sont rouvertes et que les bonnes.
soeurs nous donne des coup
de main elles o moin sont efficaces

elles sont toutes tomber enceints
mais on peut se reposer.
VOUS aver raison les jumeaux ANGE NOIR

maintenant on peut respirer.OUF vous

avez raison es jumeaux ENCRE NOIR
pas contre vous allée verte
semaine dans l'appartement de

quiberon pas oui les 2 grand ANGE NOIR

et grand ENCRE NOIR sont
mobilisé incit que p'tit diable numéro 2.

CHAPITRE 9 RECONNAISSANCE

OUFF on a échappé au bonne soeur
        OUI bras de fer on a enfin réussir à

ce

sauvé.ALLOR les garçons rassurez
vous je ne vous demanderais rien ANUBIS

bras de fer je vous remercie
d'être présent avec nous o moin vous
s'être toujour disponible malgrés
es horaire qu'on vous demande
en tous cas je vous remercie
encore.DE rien soeur MARIE-THERESSE

en tous cas ça fait plaisir d'avoire de
a reconnaissance de la part d'une

bonne soeurs mais dite-nous soeur
MARIE-THERESSE comment ce fait t'il
que toutes les bonne soeur tombe
enceints sur tous qu'ils ya que
des gays qui sont avec les bonne

soeur sur tous que les hommes

reste en dehors des clinique JEANNE
et JEANNETTE LE RET.J'avous je

Ne comprend pas comment les soeurs
EVE.MIR LAINE .FRANCINE et soeurs
BERNADETTE sont tomber enceints
en tous cas heureusement que

nous somme dans les cliniques JEANNE

et JEANNETTE LE RET.

CHAPITRE 10 NOUVELLES BORNE D'ARCADE

merde ils ya pleins de borne d'arcarde
a rebranchez et celle qui sont
en panne normalement on devrait
pouvoir remettre des bornes d'arcade.
en route.ATTENDE certaine
ne sont pas encore réparé heureusement

que FLAMMECHE a mis des
portiche qui précise celle qui
fonctionne et celle qui ne
fonctionne pas alor ils ya 11 borne

d'arcade qui sont en état de
onctionnement à font pas
contre les mini-bornes son
lcd d'un côté elle sont tro petit
et puis les composant sa

doit être infernal pour
FLAMMÈCHE de les réparer.
LES jumeaux ENCRE NOIR
e pense qu'ont peu
allée a la plage de toute
açon elles ne font pas
'évader elles sont fixes.

CHAPITRE 11 APPARTEMENT DE QUIBERON

GHROUM

ALLEE p'tit diable numéro 2 ont iva et

qui on passe la journée avec
oi en plus tu a de la chance on
este avec toi jusqu'à 15 h
t oui.STOP les jumeaux ENCRE NOIR
t jumeaux ANGE NOIR vous
artez à la plage de port maria
oi et grand ENCRE NOIR
n fait le ménage dans
appartement allée ou c'est les suppositoire

hroum

OUF les voila partie on va pouvoir
nettoyé tout l'appartement.
BONNE idée pour les suppositoire
grand ANGE NOIR.MERCIE
 allez je sors tous les produit
en plus on a ce soir les 4 jumeaux
maléfiques qui rentre tu
camping le RELAIS de l'océan
heureusement que
 MADELEINE PALAUD et
en retraite demain p'tit diable
numéro 2 et chez MADELEINE
 PALAUD ont aura la paix et

 on va pouvoir passer 1 peu
 de temps avec les jumeaux

ENCRE NOIR et les jumeaux
ANGE NOIR il faut dit sa fait
o moin 5 ans qu'ont les vous
1 fois pas mois et puis ils faut
bien s'occuper de leurs

nouvelles façons de se
comporté je pense qu'ils
n'ont toujour pas compris que les
relation séxuelles avec p'tit
diable numéro 2 c'est fini et
maintenant c'est la méthode
douce uniquement sauf en
cas de limite limite.TA raison

grand ENCRE NOIR
franchement ils ne font
pas attention ils croyes
qu'on ne les vois pas faire

CRAK CRAK CRAK

avec p'tit diable numéro 2
et d'ailleur on dois pas
allée récupéré p'tit numéro 9 ce soir.

MERDE

P tit diable numéro 2 vien
 a nous tous de suite

GHROUM

TA sucette va récupérer p'tit numéro 9
        chez l'équipe FUSION allée

GHROUM

HEUREUSEMENT qu'il peut
ce téléporté sur de longue distance

 il faut dit on serais dans la merde
 ci il ne pouvais pas ce
déplacé aller on continu le

ménage normalement il

l'emmène sur la plage et
puis il font s'amuser 1 peu avec lui
n'empêche heureusement
que tu té souviens qu'on
le récupérais aujourd'hui

2 jours plus tard

GHROUM

Hello les 4 jumeaux maléfique comment
sa va.TRÈS bien sa chéz super bien
passée chez MADELEINE PALAUD
en tous cas au camping on ne manque
 pas de taf toutes la plomberie a
pété encore la SAUS qui font

des teste de pression d'eau
résultat tous les lits a refaires
 et les mur a nettoyée en plus
la plomberie EAU CHAUD ça
aurait été eau froid on aurait
été plus vite on a mie 5 jours
a tout désinfecté en intégralité
et encore on n'a pas tous
terminé et on a eu des infections.
MADELEINE PALAUD nous
a envoyés des photos voila
pourquoi vous serais vidangés

aujourd'hui pas p'tit diable

numéro 2 incit que les jumeaux
ANGE NOIR et les jumeaux
ENCRENOIR ILs font pas étre
trés content mais on leurs
demande pas leurs avis.

(5 heures plus tard)

AYYYYYYY

AYYYYYYYY

AYYYYYYYY

AYYYYYYYYY

PLUFFFFFFFFF

PLUFFFFFFFFF

PLUFFFFFFF

PLUFFFFFF

Parfait p'tit diables tu a
bien fait de commencer pas
les 4 jumeaux maléfique
en tous cas les glacières
se remplit assez vite on va
pouvoir faires 1 transféré
ce soir si tout va bien
C'EST bon p'tit diable numéro 2
 ils sont vidé allée les 4 jumeaux

maléfique a la douche et
vous allée vous allonge sur

 le lit de p'tit diable numéro 2
ont aura besoin de votre aide
tous ta l'heure.LES jumeaux
ENCRE NOIR et jumeaux ANGE NOIR
a vous de passer à la vidanges
et oui on sais vous avec u 1 relation

séxuelles avec p'tit diable numéro 2
et p'tit numéro 9 malheureusement
pour vous il sont vidés tous les
 lundi soir et on est lundi soir donc
vous aussie vous s'être vidée ce
soir et normalement tout ira bien

sauf si vous voulés dégusté.NON
NON on négocie ALLÉE à
4 pattes ça devrait aller vite

 AYYYYYYY

AYYYYYYYY

AYYYYYYYYY

AYYYYYYYY

PLUFFFFFFFFF

PLUFFFFFFFFF

PLUFFFFFFF

PLUFFFFFF

Voilà respirer profondément c'est
bientôt fini et pour info on na
rééduqué p'tit diable numéro 2

et les 4 jumeaux maléfique les
relation séxuelles c'est uniquement

quand les limites sont atteint
de toutes façons ce soir vous
dormez dans la chambre des

4 jumeaux maléfique on doit
leurs faires des examen assez
douloureux et on doit aussie
s'occupe de p'tit numéro 9

et de p'tit diable numéro 2

composition de couverture COUDRIN

DÉPÔT LÉGAL 9 NOVEMBRE 2022